きんぎょが にげた

五味太郎●作

福音館書店

きんぎょが　にげた。

どこに　にげた。

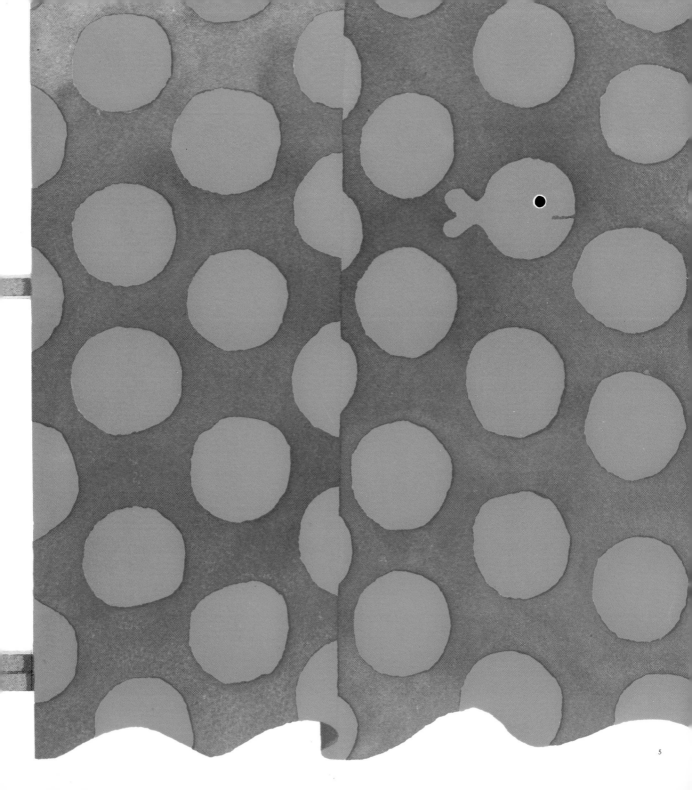

おや　また　にげた。

こんどは　どこ。

おや　おや　また　にげた。

こんどは　どこ。

ほら　また　にげた。

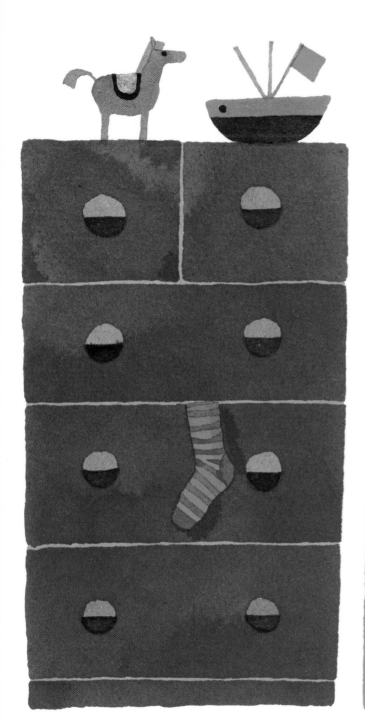

こんどは　どこ。

こんどは　どこ。

こんどは　どこ。

いた　いた。

もう　にげないよ。

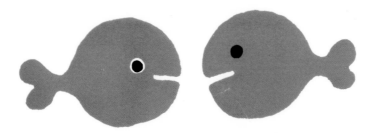

FIND OUT GOLDFISH !
© Taro Gomi 1977
Originally published in Japan 1977 by
Fukuinkan Shoten Publishers, Inc., Tokyo. *Printed in Japan*

きんぎょがにげた　　五味太郎 作

1977年6月1日　年少版・こどものとも発行	1982年8月31日　福音館の幼児絵本第1刷発行
NDC 913　24p 22×21cm	2006年7月5日　福音館の幼児絵本第95刷発行
発行所　株式会社 福音館書店　113-8686 東京都文京区本駒込 6-6-3	電話 販売部 03(3942)1226／編集部 03(3942)6013
http://www.fukuinkan.co.jp/	＊印刷　三美印刷／製本　多田製本　　ISBN4-8340-0899-1